躍式的幻想

眠是一種漸進式

衝突與妥協：
鏘鏘AI圖像共創計畫

林豪鏘

目錄

埋下一顆與 AI 共創的種子

林豪鏘

（國立臺南大學數位學習科技系主任／學務長／院長／現代詩人／藝術家）

　　在歷年臺北數位藝術節前瞻性地策展過第二自然、超機體、再轉存等里程碑大展後，如今人類世界真正迎接到 AI 時代的來臨。AI 超乎預期的能力，甚至逼近了人類引以為豪的藝文與創作表現。本書的起心動念，是人類不該屈服於 AI，而是正向思維地與 AI 進行共創。這本書裡的所有作品，都是運用我的詩句為輸入元素，然後讓 AI 依此生成畫作，這是我和 AI 的對話成果。我宛若是個賽博格，AI 為我增能，在 Metaverse 中以我的分身來作畫，並以此詮釋我的詩句。

　　錄像行為藝術之父維托·阿康奇（Vito Acconci）曾表示，他很感謝身在錄像技術出現的年代，讓他可以藉此實現創作理念。沒錯，身在哪個年代，就有機會參與什麼樣新媒材的創作。就像錄像藝術的年代，也是開啟了許多非傳統藝術家的加入。而今日的我，身在 AI GAN CLIP 逐漸成熟的年代，也讓更多有志者，運用這項前瞻媒材展現他們的想法與觀點。這本書有意建立一個里程碑，記錄人類藝術史上曾經經歷這個時刻，或許可以提供後人一些回顧與省思。

　　我從 AI 繪畫熱潮一開始就加入實驗，我先後試過 Disco Diffusion, Midjournal, Stable Difussuion, DALL E, Mega.Space. 它們各有不同特性與優缺點，但其中最大的共同點，就是它們俱皆以驚人的速度在進化。很多人都只是嘗試採用關鍵字去「命令」AI 畫畫，以相當工具理性的態度去「利用」AI. 但我關心的是新媒材本身的當代性，是否能反應個人的當下

狀態，所以我摸索了一整年，試著與 AI 共處。我年輕時的博論是做 NLP（自然語言處理，Natural Language Processing）的，啃了大量語言學的著述，醉心於 Noam Chomsky 的 Universal Grammar. 而就在這幾年裡，深度學習 Transformer Model 的不斷演進，讓 AI 對人類文字語意的理解，有了驚人的進展，諸如 OpenAI ChatGPT 等等. 所以我開始以詩與 AI 對話，將我的詩句輸入 AI 去生成畫作，而一年來它「懂」我的詩的程度，愈來愈令人驚豔。再加上原本我的詩作就習於空間與時間的交織，充滿各種畫面感，所以我很開心找到了與 AI 共創的方式，我寫詩，調整參數，讓 AI 理解並畫出我詩中的景緻。而這樣的「共創」，正是本書企圖紀念的一個刻度。

我們可以叫 AI 模仿甚至組合各種繪畫風格，但 AI 沒辦法創造風格。而我們每個人類卻都可以創造風格，即便畫得很醜，那也是你的風格。AI 只能模仿和追隨你。繪畫風格這回事，是和人的身體息息相關的。你對自身肌理的控制與不可控制性，你生理上無形的各種慣性，形成了你的風格。那不只是心理的，更是生理的。對於缺乏身體性的 AI 而言，他沒辦法懂。

無論是 Rule-based 或 Data-driven 的年代，AI 都無法無中生有。它必須靠模仿和訓練，才能學會一件事情。君不見現在一堆號稱 AI 高手的年輕人，一開口就問你：請問你用什麼 Data Set？我是正統 AI Lab 出身的，當初會研究 AI，是因為喜歡藉由分析人類行為，來教導 AI. 但現在號稱做 AI 的，都是企圖讓 AI 來駕馭人類，這我不喜歡。人類靈光乍現的原創性，和當今 AI 的「我抄襲到讓你完全看不出來」的所謂「獨特性」，是完全不一樣的。藝術的精神，不在對象審美，而在你有沒有思維自己當下狀態的當代性。

我再強調，繪畫這件事，是人類在肌理運用上的一個挑戰，這完全和運動是同一個道理。運動員會失常，運動員會瞬間腎上腺上升，所以每次表現不會一樣，這正是人類身為萬物之靈的美妙之處。要不，你乾脆派機器人去比奧運好了，或者以後職棒也不必請洋將了，聘個機器

傭兵就好了。當 ETC 取代了高速公路收票員，並沒有得意地炫耀：哇哈哈，你被我淘汰了！所以，當你的科技逼近或淘汰了人力，你應該抱著謙沖悲憫的心，而不是耀武揚威。

很多人問我 AI 共創的過程。基本上就是我先寫詩，再請 AI 讀詩後把它畫出來，所以並不是看圖說故事噢！關鍵是我寫詩時，內心已建構編織了一份多維度的空間感，所以所謂「共創」，就是和 AI 合作把我內心的畫面衍生了出來。

清大資工系 AI 大師蘇豐文教授表示：「其實人類創造 AI，除了與人類可以共創如鏘鏘的作品之外，最重要的意義是有科學的方法，建構模型與實驗來了解自己。包括邏輯思維，藝術創作等等，這些過去很難解釋的都可以來用科學方法理解。」我只是埋下一顆種子，做為 AI 創作的「靈感」。在「作者已死」的概念裡，作品的詮釋原本就不是單一結果，觀者 AI 擁有作品的詮釋權，它可以任意揮灑，不必拘泥與鏘鏘詩句的一對一對應。所以，在後人類時代，在 Cyberpunk 世界，我們應思考未來社會學的各種可能性。在這本書裡，我們創造一個人類與 AI 協作的空間，我們與 AI 共創，而不互相取代。

不安於室

施榮華（斑馬線文庫總編輯）

　　你知道嗎，這世界有很多不知名的種子，在不被重視的角落，默默開成了花。我們在人生的不同時期，都曾會有不惜一切去追逐當下最執著的，想要得到的事物，它都有可能成為我們那時心中的風箏，我們奔跑著，一直向前，眼中心中望著閃光。而奉行這個教條且不斷跨越突破界線的林豪鏘老師，似乎更像是一個「不安於室」的男子。

　　文字或語言要傳遞的，是人的想法內容，而非文字本身的複製。誠如鏘鏘在《失眠是一種漸進式——衝突與妥協：鏘鏘 AI 圖像共創計畫》中所描述的，這本書裡的所有作品，都是運用他的詩句為輸入元素，然後讓 AI 依此生成畫作，這是他和 AI 的對話成果。現今時代，AI 超乎預期的能力，甚至逼近了人類引以為豪的藝文與創作表現。鏘鏘早已正向思維地與 AI 進行共創。文字與語言本來是傳遞工具，原非美感本身。然而透過 AI，因為他們很清楚需要用來表達內容，所以反而誕生了獨一無二的美感。

　　讀鏘鏘作品常感受到文字存在一個特殊的空間，這個空間像是未知的世界，但描述這個空間的文字或許會遺忘，那瞬間我們跳到空白，變成跟自己無關的第三人，然而透過 AI 圖像來加強記憶，或許我們在下一秒鐘接回自己。像是打開一個關鍵的櫃子。

　　鏘鏘藉由 AI 圖像把這些曾經存在的文字距離翻轉回來，拉慢步調觸動人性，從 A 點到 B 點的時間空間也被壓縮成凝望。雖是存在於薄薄的一張紙片，卻能承載著一座大峽谷、一座城市、一條河，一碗麻醬麵，或是一個想念的人。紙張在 A 點與 B 點之間，創造出無限的 A 點

與 B 點，也在平面中打開立體空間的想像。延展進去一點，再進去一點，觸動心靈的閃亮汩汩流出來，AI 圖像帶我們看到另一種啟發，好了，這就夠了。

　　或許，通往夢想的路上的會有一道高牆，但它只能阻擋不夠熱愛的人。鏘鏘與 AI 共創，同時也好像接觸到文字誕生前的虛擬時空，他闖入那個時空取材，調整參數，量化輸出，形成新的世界。他相當嫻熟於跨媒體互文的解讀與再創造。但無論他如何跨界，始終鍾情於現代詩文的創作。

從第二自然到賽博龐克

黃文浩〔臺灣數位藝術中心（DAC.TW）執行長／數位藝術基金會董事長〕

　　我認識的林豪鏘雖是理工學者卻有一顆柔軟愛好文學的心。年輕時熱愛現代詩的創作，後來也投入數位詩的創作。二〇一〇年他應我之邀在臺北數位藝術中心舉辦的「意念誌」個展，便記錄了他數十年創作生命所積累的十二首現代詩及錄像詩，透過數位方式結合及呈現他在不同時空點的世界觀與文學觀，如今很高興他又邁入了下一個里程碑。這次林豪鏘將他的詩投入了最熱門的 AI 生成藝術。他把成果結集成一本書冊：《失眠是一種漸進式——衝突與妥協：鏘鏘 AI 圖像共創計畫》。

　　我們都知道 AI 工具可以在幾秒內就能生成一幅作品的驚人能力，甚至被很多人認為對繪畫藝術家構成極大威脅，也讓許多人心生恐懼，如果屬於人類所獨有的藝術創造力都可能被取代，那麼人的價值還剩下什麼？

　　或許我們並不完全理解 AI 創作時的路徑，但我們或許可以從中得到意想不到的啟發。在當今數位文化幾乎主導了我們的行為與思考，可是藝術領域在面對「科技藝術」的發展時依舊經常陷入「科技」與「藝術」孰重的爭論，這種二元對立互相競爭的邏輯思維其實無助於我們面朝未來。林豪鏘以其與 AI 圖像共創的實驗計畫示範了在一個科技藝術作品中「科技」與「藝術」互為文本，和身為一個科技藝術家讓「科技」與「藝術」互為主體的可能。

　　在時代列車換軌、文化受到種種因素劇烈衝擊時，我們在創造力的拓展與實驗上不應老是陷入面對 AI 時只擔憂其與人類互相「競爭」與「取代」。是否找出「AI 與人類彼此共處與相

互激發」才是更積極的態度呢？

　　透過 AI 藝術生成軟體輸入關鍵字或提示詞就能在短時間內生成完成度極高的圖像，對從事繪畫的藝術家的確是非常大的衝擊，但如果我們把對圖像藝術的關注放在概念的表現與情感的溝通，與「思維自己當下狀態的當代性」。而非拘泥於是否「手工生成」可能會有完全不一樣的思考。畢竟「AI 生成」藝術並非要取代「手工生成」藝術。

　　就像上個世紀攝影曾被認為對繪畫造成極大威脅，如今繪畫再次面臨挑戰，雖然處境不同但未嘗不是一個人類更深層理解自身處境的絕佳時機。林豪鏘正是以這種態度來面對 AI 時代的來臨，他明確點出 AI 缺乏身體性，「人類不該屈服於 AI，而是正向思維地與 AI 進行共創」。他經過一年的實驗與探索，利用早期語言學的認識終於「讓 AI 對人類文字語意的理解，有了驚人的進展」，他也找到了與 AI 共創的方式，這本書即是他和 AI 對話的成果。林豪鏘的探索旅程多彩而有趣，他的思考耐人尋味。

衝突與啟發

袁廣鳴（國立臺北藝術大學／新媒體藝術學系教授／藝術家）

　　鏘鏘本身是理工的博士，同時又是詩人，在我臺灣所認識的人當中，他是唯一一位這樣的怪咖，我想，只有一個在思想上是極其自由的人，才能悠遊在這兩種境界中。

　　科學需要我們的邏輯理性，詩卻又反邏輯及理性，在 AI 協同創作的形式下，他巧妙的結合了這兩種方式，蓄意的讓自己陷入了與機器不斷的生成對抗中，極具啟發性及創造性。

【推薦序四】

意境與藝境

曹筱玥（臺北科大元宇宙 XR 研發中心主任／互動設計研究所所長）

　　林豪鏘教授長期在資訊科學以及數位領域投注心力，亦於學生時期醉心於現代詩創作，成就卓然。

　　近期他將他的詩作與數位科技完美結合，在 0 與 1 之間創造出了意境與藝境，相信讀者展閱作品集定能饒有所得。

思念的巨量形構

所以輕拂過妳的眼蔭的藍藍的天，
那片足以誘發我們停止思索的顏色，
端於微涼的空氣，因此妳說。

輕描淡寫

他們斜向交織著
彼此的輕描淡寫

再見

於是我們再見了
再見面
然後不再說再見

介繫詞實驗計畫

的，腳步
被發現在第二天的情節裡行走。

透明色

原來那道透明色
是一種依賴
所以你一直在那裡

無所事事

「無所事事，
竟係此般不可思議的美學經驗。」
令人難以置信的傳說。

無以名狀

你我的姓名原屬虛字
握不住的方向盤
飄移的輪胎
濺起水花

所以

記憶在虧欠

那麼我就有了理由

想念

穿透想像的思念

我對你的思念
向來是挺直的
他們響亮而銳利
完全穿透想像

安置心境的芬芳

穿透你的視界
我望見了安置心境的空間
原來這裡有花瓣片片
那是我未曾體驗過的芬芳

我，以及其他

所以固執
端於一切優柔寡斷
及其他等等

基因

優越與其突變的劣等基因
雜逕盤據在
意識的剖面

風雨驟驚

無須重組本質
及無法為心情命名，
並且風雨驟驚。
如此而已。

適可而止

「優質因子
被充份解構，
所以我們擁有光榮。」

階級美學

──我們彼此擦經胸肩。
交替切換意識與困頓。
拖鞋聲戛然而止。
城市的子民們啊，
然後我們在站牌下睡著。

044 ▪ 失眠是一種漸進式──衝突與妥協：鏘鏘 AI 圖像共創計畫

語言學

『一個人嗎？』
句法及語意皆過於嚴謹，
一時令我啞然無從回答。

不修邊幅

福禍是否
不修邊幅
於焉甚不重要。

收藏

即便是十分認真地收藏了
一輩子所有的遺憾與心碎
儘管來時路
是如何地紛亂雜沓。

050 ■ 失眠是一種漸進式——衝突與妥協：鏘鏘 AI 圖像共創計畫

今夜，無事。

今夜無事。
我收集
草木輕淺的呼聲

052 ▪ 失眠是一種漸進式──衝突與妥協：鏘鏘 AI 圖像共創計畫

莫可名狀的幸福之感

「洞悉了所謂的幸福之感，」

我驚愕發現，

是一種莫可名狀的喜悅，

值以令人拆卸多餘的思考。

泛音

那是重疊的第幾張臉
會不會
我側耳傾聽的瞬間
泛音又浮現
一種空間的共同和諧

第二天上演的情節

於是無聊的陽光和我
都不明白
不明白為何我沉黯的身姿
總是浮鑣在妳背面
於是我們只好，
時常微笑

所以我們時常微笑

保持這份姿態
沒人說明
如何翻灑視野於沉默與
喧囂的臨界

寫實的氣味

但。但都市雙瞳渙散的氣味
一再稀薄
關於寫實能力
妳我悄然淡忘。

偽飾的憂

當不經意流露自
妳眼蔭下的采藍
以及披滿雙肩鮮明的溫柔
持續凝住我沒有偽飾的憂
我們都假裝看不見

聽不見

是這樣嗎？
遠方的雷聲出乎意料
蓋過了我的言語，
你假裝聽不見

寂寞的記憶邏輯

關於呼吸，
據說失去節奏
就會令影子剝離。

昨天的聲音

當你否定了
我思念中的構圖
我會靜靜聽
昨天的聲音

070 ▪ 失眠是一種漸進式──衝突與妥協：鏘鏘 AI 圖像共創計畫

不該否定

文字的位階
不斷延異
那是一種
時空雜沓的思維

華麗的暗黑之聲

大規模隱晦的符號
在我們眼前默默演進，
彼此都假裝
看不見。

溫柔的哲學

畫一條直線，
不要讓月光透進來
撥亂整個秩序。

076 ▪ 失眠是一種漸進式——衝突與妥協：鏘鏘 AI 圖像共創計畫

介入視域的佈局

自此經行侷促，
若有所思，
拒不聽雨。

無從界定

「因為界定的本身
已然落入一種思維的俗套,」
從未親見的推論機制。

摩天動物園

有我之境，
皆著你色彩
無我之境，
空氣俱恣意編排

以物觀物的自然狀態

當美學體驗
演繹為以物觀物的自然狀態
那麼就可窺見
暗示性的未來

遺落在旅程的現象學

行旅間他失去了
對空間定義的能力
「這是你主動追求的孤單」

086 ▪ 失眠是一種漸進式——衝突與妥協：鏹鏹 AI 圖像共創計畫

如此預期

真實與想像並陳
卻是他繼續旅行的
絕美構圖

關於永恆的共構現象

雨的斷層

透過時間再生

斜吹的風

捲起超現實的奇觀

不該煽情

有些眼神，
藏匿於解構後的心情中
無從重組。
所以夜色的身姿
總是有些呆滯
所以翻不完的書頁
有凝重的破裂景緻。

無質天空的並置書寫

想念年少時刻潛意識間隱藏的諸多願望
我用這份勇氣讓不相聯屬的個體相互穿透
那該是涉踱彼此軀殼時的依歸
展佈流變的原性
無止盡飄移向他

然後你就可以看見

因為放棄節奏
而形成了無比美麗的兩道剪影，
在風中共舞。

喃喃自語

寂寞隨風崩裂，
層層糾結，
盤踞
在他蹤身一躍的瞬間。

精密的傳說

所有快樂心聲
都悄悄沿襲
而在精密譬喻與編碼中
企圖還原所謂傳說

這只是我在弱勢團體中的一種姿態罷了

路上行人果然多得出奇
彼此關係只建立在
腳步的快慢
腳印的深淺交疊
發生的先後順序與，展開
自速度的階級美學。

一躍而起的安靜音律

所以不明白。

不明白自喉間一躍而起的熟悉同時陌生的音律，

為何總驟跌在與空氣互疊的倒影裡，

此般安靜。

呼吸的審視角度

「於焉以極端時髦的
審視角度，
看人，以及
繼續呼吸。」

微涼的心情

知道這一切都來自
晴空萬里
知道光線之外
有風有雲

跳躍式的結局暗示

失眠
是一種漸進式的衝突與妥協
我們企圖
與價值迴異的彼此對話

不協調的合奏投影

於焉你便是我的鏡子，
我揮舞肢體，
你做局部回映，
不協調的生活節拍
正是你我合奏的曲譜投影

遇見昨天

遇見了昨天
遇不見你

卓越安排的不優雅文本

掃盡過往諸日的
生命塵埃，
舒適地靜下心來

正向力量的微型風貌

於焉，
我的正向力量，
湧自曾於暗黑世界裡
諸多能量的層層疊加，
形鑄無所謂悲歡的軌跡與模樣。

咖啡之色

我看見咖啡的深澄色
在衝擊我的胸懷與腦海
我聽見杯子舉起時
每一次震盪的波形都濃烈得化不開

結局

你說
這個世界
只是我人生中的一個大概

已經

微涼的心情
輕輕捧起
那許多的已經

124 ■ 失眠是一種漸進式──衝突與妥協：鏘鏘 AI 圖像共創計畫

聽我說說

到了昨天
請你聽我說說

等等等等

你拎著我的背影，
然後就走了
我無依無靠只好回過頭對我微笑
落下的餘暉費力彩繪著
一小塊一小塊記憶還有其他
等等等等。

堆疊世界

我闖進了
妳多層次的堆疊世界
撞上的卻是
沒有厚度的一大張平面

光圈

不得其解的風聲
捲起了不刺眼的光圈
我翻個身
你的眼眸已經升出水平線

藍色

妳低垂的眼簾

蓋住了那一片藍色

竄起來的是

一排一排不規律跳動的看不見的彩色

規律

也許有
那其實是賦諸你我的
無形規律
遂想起當年
凝結流動歲月的刻度

價值交集不再延異的地方

雜沓盤糾的
變幻滄桑
就讓它解構吧

年節格律的共伴語境

年節的格律
牽制了我的喜樂
那是構築你我關係的
奇幻轍痕

▪ 失眠是一種漸進式──衝突與妥協：鏘鏘 AI 圖像共創計畫

絢爛的記憶方式

難以廓清的稟賦體驗

充滿歡愉

絢爛的記憶方式

是種療癒的過程

自然書寫

他們
將我對你的想念，
稱為自然書寫。

耽美於雲端的書寫方式

這種純粹性，
正是我超現實主義的
書寫方式。

旋律線

冬季歲末飄落的
情節
沿著旋律線排列
然後前進

運鏡美學

你在我臉上
留下了眼睛
透視彼此
互攝的軸度

不斷磨合的裂縫

是你我思想接軌的痕跡
那麼會有種信號
暗示充滿理趣的未來

結局

是最跳躍式的幻想

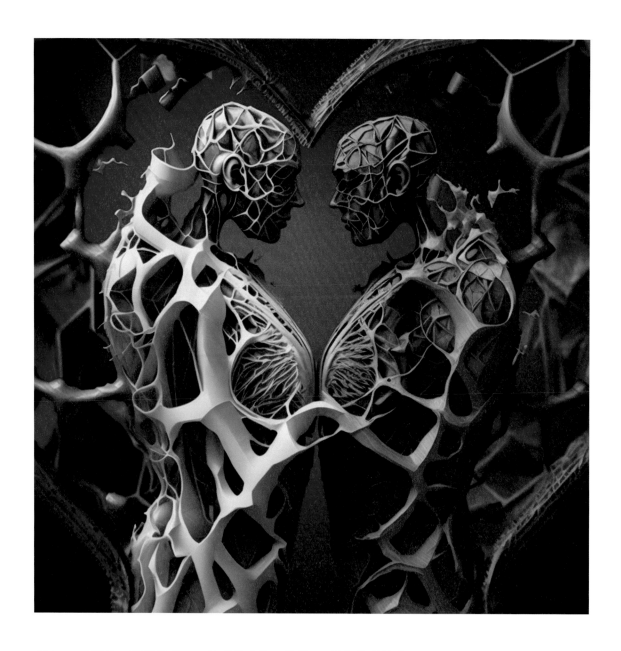

顯微觀點

我們的情節
被彼此過度檢視
顯微觀點
破壞了原有的形構

國家圖書館出版品預行編目（CIP）資料

失眠是一種漸進式：衝突與妥協：鏘鏘 AI 圖像
　共創計畫 / 林豪鏘著 . -- 初版 .
　-- 新北市：斑馬線出版社 , 2023.03
　　面；　公分

　　ISBN 978-626-96854-2-4（平裝）

863.51　　　　　　　　　　　　　　112001801

失眠是一種漸進式：
衝突與妥協：鏘鏘 AI 圖像共創計畫

作　　　者：林豪鏘
總 編 輯：施榮華
圖片提供：林豪鏘

發 行 人：張仰賢
社　　　長：許　赫
副 社 長：龍　青
出 版 者：斑馬線文庫有限公司
法律顧問：林仟雯律師

斑馬線文庫
通訊地址：234 新北市永和區民光街 20 巷 7 號 1 樓
連絡電話：0922542983

製版印刷：龍虎電腦排版股份有限公司
出版日期：2023 年 3 月
Ｉ Ｓ Ｂ Ｎ：978-626-96854-2-4
定　　　價：420 元